Autorin

Nina Onawa, Jahrgang 1967, ist in Hannover geboren. Sie schloss zunächst eine Ausbildung zur Bankkauffrau in einer Hypothekenbank ab. Es folgten Weiterbildungen zur Bankfachwirtin und EDV-Kauffrau mit anschließender Programmiertätigkeit in einem Rechenzentrum für Sparkassen. Nach der Geburt des ersten Kindes wuchs das Interesse für die Lern-Entwicklung von Kindern und an Wahrnehmungsprozessen.

2002 absolvierte sie die Ausbildung zur Sozialassistentin, und ihre Familie nahm Pflegekinder auf. Ab 2008 arbeitete Nina Onawa nach Abschluss der Ausbildung zur Ergotherapeutin als Schulbegleitung von autistischen und ADHS-Kindern. Weiterhin führte sie nebenberuflich Kurse im Kindergarten zur Sprechförderung und Aufmerksamkeit sowie LRS-Nachhilfe durch. 2014 schloss sie ein Studium in B. Sc. Psychologie ab. Seit 8/2014 befindet sie sich in der Ausbildung zur Steuerfachangestellten.

Von Nina Onawa sind bei BoD geplant:
- Mutismus: Erwachsene ohne spontane, impulsive Intuitivsprache
- Aktualisierte Lerntheorien aus Sicht um anno 2000
- Familien-Studie: Yoga und Ideen-Pool der Kommunikation mit einem ADHS-Kind

Nina Onawa

Meine Freundin: Das Papier

Geschichten und Gedichte einer erwachsenen Mutistin

Band I

Gedanken-Wörter
bleibt hier
verlasst mich nicht
wo ist ein Zettel
schreiben

Für konstruktive Kritik und Beratung erreichen Sie mich unter nina.onawa@t-online.de.

Bibliografische Information der Deutschen Nationalbibliothek: Die Deutsche Nationalbibliothek verzeichnet diese Publikation in der Deutschen Nationalbibliografie; detaillierte bibliografische Daten sind im Internet über www.dnb.de abrufbar.

© 2015 Nina Onawa
Alle Rechte vorbehalten.

Herstellung und Verlag:
BoD – Books on Demand, Norderstedt
ISBN: 9783734719677

Meine Freundin: Das Papier

Wieso ich schon als Kind von der Schreibsucht besessen wurde, weiß ich nicht mehr, sondern kann ich nur vermuten. Bücher haben mich begeistert und waren treue Begleiter in der Kindheit und Jugendzeit. Das viele Lesen hat mich auf jeden Fall inspiriert, auch selbst zu schreiben.

Ein weiterer Grund, warum ich so gerne zur Feder greife, ist, dass ich mich schriftlich besser und vor allem langatmiger ausdrücken kann als verbal. Manche können reden wie ein Wasserfall. Mir stockt jedoch bald der Atem, weil ich meine bzw. empfinde, dem Zuhörer wird es nun langweilig, und ich halte mich dann rasch kurz.

Hinzu kommt, dass ich Probleme habe, Vorgelesenes von anderen sofort zu begreifen. Mir fällt es leichter, wenn ich Texte im Stillen in meinem Tempo und in meiner Betonung lesen kann. So verstehe und behalte ich wesentlich mehr.

Überhaupt haben Texte viele Gesichter: Es können sich jeweils andere Kontexte trotz gleichen Inhalts ergeben. Selbst der Texter hat es nicht einfach, verbal seine Texte so zu formulieren, wie er es sich vorstellt. Auch ist es eine Herausforderung, Geschriebenes so zu verstehen, wie es der Autor meint. Zwei weitere Varianten ergeben sich, je nachdem, ob im Stillen gelesen oder der Text vorgetragen wird.

Ohne Papier wäre ich aufgeschmissen. Dieser Erfindung kann ich nur danken, denn wo sollte ich sonst mit meinen vielen Ideen und Gedanken hin. Vor allem die vielen Schmierzettel, die stets irgendwo in meiner Nähe liegen/lagen.
Ohne meine Zettel bin ich verloren. Sprudelt eine Idee und wird nicht festgehalten, geht sie verloren, da die nächste bereits am Kommen ist.

Liebe Leser!

Ich halt's nicht mehr aus.
Es muss endlich raus.
Wohin mit meinen Gefühlen und dem Wissen,
ich möchte das Papier nicht missen.
Denn ich möchte helfen, so wie ich es kann.
Meine Stärken sind Spaß am Schreiben.
Da glaube ich dran.

Der Zauber in den Kinderaugen lässt mich nicht los,
ich schlüpfe gerne in die Kindersicht, bloß
wie hebt man den Schatz, schon zig Jahre versäumt?
Haben andere (Montessori ...) und ich nur davon geträumt?

Die Sehnsucht nach einer Chance ist groß.
Wo bekomme ich sie bloß?
Denn mein Weg geht immer weiter,
die Ideen sprudeln nur so heiter.
Wo führt es mich hin?
Zum Kindheitstraum: eine gern gelesene Autorin?

Gedichte & Elfchen & Weisheiten

Lebe
mit Kinderaugen
deine öffnen sich
für den Sinn des
Lebens

****

Kinder sind die Wurzel unseres Lebens.
Sie sind der Schlüssel zu Frieden und Glück.

****

„Höre! Denn ich bin erwachsen und habe recht."
Eltern, so nicht.
Gebt nach und gesteht Schwächen ein.
Euer Kind dankt es mit Selbstbewusstsein.

****

Grenzen
kindgerecht gesetzt
nicht für Erwachsene
sonst haben *alle* nur
Stress

****

Suche
nach dir
du findest dich
aber nimm dir dafür
Zeit

****

Bewegung
frische Ernährung
tanken frischer Luft
und du strotzt vor
Energie

****

Mach' deinen Körper fit
und dein Ich kann mit!

****

LuftundLicht
Vergess' mich nicht.
Denn ich heile Wunden.
Große wie Kleine.
Seele wie Beine.
Körper wie Geist.
So ist es meist!

****

Ziele
setze viele
die erreichbar sind
und du erntest stetige
Zufriedenheit

****

Schwächen
und Stärken
gehören zum Leben
hab' keine Angst vorm
Zeigen

****

Schwäche = Stärke
Schwächen haben einen Sinn. So gibt es rein subjektiv keine Schwäche. Wichtig ist die Erkenntnis, dann kann die "Schwäche" integriert werden.

****

Höhen
und Tiefen
wechseln sich ab
und gehören einfach zum
Leben

****

Plane die Zukunft,
denke in der Vergangenheit und vergesse auch,
jedoch genieße und lebe in der Gegenwart.

****

Mensch! Jetzt!
Genieße dein Leben mit dem, was du hast.
Denn das hast du.
Klage nicht dem hinter her, was du nicht hast.
Denn dies hast du nicht.
Du lebst nur im Jetzt - im Augenblick.

****

Kleiner Wicht oder ein Nicht?!
Ich bin eine Ameise,
die nur eine Sekunde lebt,
aber ich lebe - Jetzt!

****

Gehe mit ruhigem Gewissen tagaus und tagein.
Denn das Leben kann relativ schnell vorbei sein.

****

Sei stets ehrlich ein Leben lang,
denn sonst erschlägt dich dein Bumerang.
Stattdessen gewinnst du,
Vertrauen immer zu.

****

Sei nicht zu direkt,
wenn du Gefühle verletzt.
Habe jedoch schlechte Manieren,
wenn *beide* Seiten *positiv* profitieren.

****

Mensch
in Gesellschaft
Neid und Lust
ist nicht zu verhindern
Nachahmungsinstinkt

****

Die Gesellschaft und Ich
In der Schule pünktlich sein,
alle Schüler laufen rein.
Denn keiner möchte Letzter sein.
Oh, welche Pein!
Doch klein Lotte hat verpennt,
überlegt, ob sie nun rennt.
Doch eigentlich ist es nicht zu schaffen,
nun werden wohl alle gaffen.
Muss denn diese Schule sein?
Ein kleiner Wicht im Gruppen-Schein?
Gibt sie die Chancen zum Entfalten,
wird das Selbstbewusstsein auch nicht erkalten?
Wie wertvoll können Freunde lauschen,
um Positives und Negatives auszutauschen?
Das Ziel ist Leben,
ein Nehmen und Geben.
Menschen, die gaffen,
wollen auch nur schaffen.
Nicht immer ist es bös gemeint,
sondern letztendlich ist es das Lachen welches vereint.

****

Zu einer Geschichte gehören immer zwei Seiten:
Eine die man erzählt und eine, die man weglässt.
Auch, weil die Kapazitäten, alle Erlebnisse
wiederzugeben nicht vorhanden sind und für
Mitteilungen selektiert werden.

****

Kommunikation ist Bewegung.
Bewegung ist Kommunikation.
Kommunikation ist alles.
Alles ist Kommunikation -
- mit sich selbst
- im Kontakt mit der Gesellschaft
- die körperlichen Funktionen untereinander
- die Nährstoffe untereinander
- im Kontakt mit der Natur

Bewegung ist alles.
Alles ist Bewegung.
Bewegung ist das Leben.
Bewegung ist daher noch viel mehr!

****

Ewige Veränderlichkeit
Wenn man abwartet, geht alles vorüber.
Denn es gibt nichts, was ewig ist.
Denn es verändert sich ständig.
Das Leben, wie auch nach dem Tod.

****

Nichts entsteht aus dem Nichts. Es gibt immer eine Ursache der Ursache.
Ein Impuls führt zu einer Reaktion, die wieder ein Impuls ist.

****

Sei flexibel. Was gestern nicht funktionierte, kann heute funktionieren. Was heute funktioniert, kann Morgen nicht mehr funktionieren.

****

Man kann den Alltag nicht erklären, sondern nur erleben.

****

Egal, wofür du dich entscheidest:
Es hat zwei Seiten!

****

Schaue zuerst in die Nähe und dann in die Ferne.

****

Der Weg ist relativ.
Der beschwerlichere Weg sei der längere.
Der einfachere Weg sei der kürzere.
Wie lang beide sein werden, wissen wir nicht.
Auf dem beschwerlichen sammeln wir mehr Erfahrungen,
die uns trotz Rückschritte vorwärts bringen.
Der beschwerlichere Weg könnte kürzer sein,
wenn der einfachere Weg zu viele kurze hat.

****

Intelligenz ist für mich eine Stärke, wenn es nicht um geistiges Wissen geht, sondern um die individuelle Entwicklungsmöglichkeit, die ein Kind/Mensch sucht und braucht. Mit anderen kurz gefassten Worten: Ein Kind ist dann pfiffig, wenn es mit seinem eigenen Alltag in Zufriedenheit umgehen kann.

****

Erziehung ist *lernen* durch Sammeln von Erfahrungen - positiv wie negativ. Denn letztendlich bin ich es selbst, der die Lehre/Erziehung annimmt. Also erziehe ich mich durch die Einwirkungen selbst - bewusst wie unbewusst. Ich könnte mein Denken und Handeln auch anders einstellen!

****

Mein Alltags-Haus der Familie

Am Anfang steht meine Familie.
Das Familien-Haus gibt mir Schutz und Kraft.
Das Haus ist mein Platz/mein Leben in der Gesellschaft.

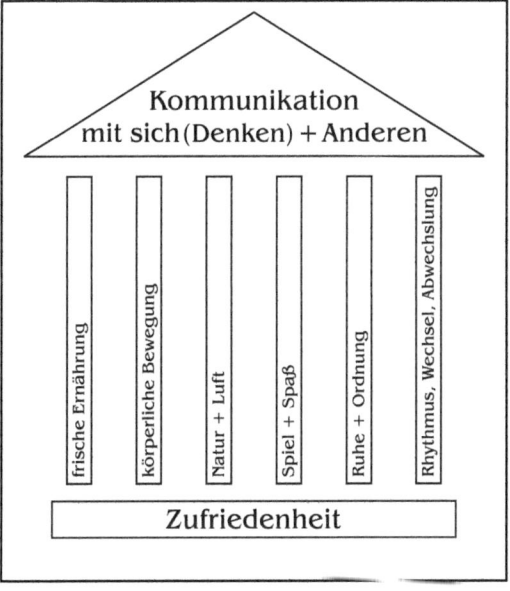

Erlebte Wunder der Natur/Forschung

Regen aus dem Nichts
Spinne oder wache ich?
Dieses fasziniere mich.
Ich blicke hin, mit großen Augen.
Und kann es nicht glauben.
Der Himmel strahlend blau,
ich von Bäumen auf einer Wiese umgeben
und dort dieser eine - schau.
Es fällt herunter, ein besonderes Leben.
Feine, unterbrochen zarte Regenfädchen -
ohne Anfang - umhüllen den Baum.
Es beginnt, hört wieder auf. Ich will es greifen.
Ich gehe hin und schaue wie aus einem Traum.
Es ist nichts zu sehen, stehe ich nahe dabei.
Und trotzdem sind die Blätter benetzt mit Tropfen allerlei.
Nur dieser Baum und kein anderer!
Bei strahlender Sonne scheint er zu weinen.
Die Tränen werden erleuchtet
und die feinen Regenfädchen -
sie ziehen vom Blatt bis zur Erde.

Obstfliegen lernen
Heute saug ich euch weg.
Schnell habe ich euch erwischt.
Es verging ein Jahr.
Nun war es vorbei
mit der Schnelligkeit.
Dieses Jahr seid ihr schlauer.
Ihr spürt, dass der Sauger kommt.
Ihr fliegt nach oben und verteilt euch im Raum.
Noch ein Jahr später und sie sind versteckt.
Man sieht sie kaum - unter der Deck'.

Geschichten

Das liebste Kind der Welt

Mathilde und Brunhilde standen ein aufregendes Ereignis bevor. Wie wird das kleine Würmchen bloß aussehen? Wie wird es drauf sein? Wie wird es zukünftig werden?
Ein purer Zufall war, dass bei beiden am gleichen Tag und zur selben Stunde die Wehen die Geburt ankündigten.

Nun begann der Wettkampf: Wer wird die Schnellste sein? Mathilde lag gut im Rennen. Gerade im Krankenhaus angelangt, wollte ihr Baby zügig die Welt erblicken. Aber Brunhilde quälte sich schon seit Stunden und konnte die Erlösung kaum erwarten.
Oh weh! Sie wollten doch nicht gleichzeitig kommen? Es war nur eine Hebamme anwesend, die ohne die Betroffenen zu fragen, sich laut murmelnd für Brunhilde entschied. Sie sollte es sein, die für ihr geduldiges Warten zuerst belohnt werden würde. Denken Sie jetzt, dass kann doch die Hebamme nicht bestimmen? Wer raus will, der trödelt nicht lange. So ist es nicht! Wir haben mehr Macht über unseren Körper als Sie womöglich vermuten.

Der 1. Schreihals war geboren, der 2. folgte sogleich. Etwas schmächtig, denn 4 Wochen

hätten sie noch Zeit gehabt, verweilten sie auf der Intensivstation.
Wollen wir mal schauen, wie sich die kleinen Zwerge im Krankenhaus entwickeln werden.

Mathilde konnte es nicht lassen: Das Gewicht von Brundhildes Sohnemann Ben war einfach zu spannend. Immer wieder wollte sie es voller Neugier wissen. In ihren Augen konnte Brunhilde lesen, dass Ben selbst dabei keine Rolle spielte.
Viel mehr hob sich ihre Brust voller Stolz, wenn Ben scheinbar weniger trank als ihr süßer Wonneproppen.

Mathilde und Brunhilde waren auf der Wöchnerinnenstation als Begleitpersonen ungebetene Gäste. So wuchs auch das Interesse dieser Schwestern nach dem Gewicht, welches die Entlassung maßgeblich beeinflussen würde. Vorausgesetzt, das Kind wäre soweit gesund.

Brunhildes Ben hatte nach der Geburt mehr als üblich abgenommen, welches wieder aufzuholen galt. Maßstab für die Beurteilung der Entwicklung war für Ben's Mami daher das niedrigste Gewicht. Für Mathilde jedoch das Geburtsgewicht. So ergeben sich unterschiedliche Werte, je nachdem von welchem Blickpunkt aus,

die Zunahme betrachtet wird. Somit sind sie nicht vergleichbar, wenn Mathilde es wüsste.
Bei der nächsten Rückfrage der Schwestern nach dem körperlichem Befinden der Babys wollte Brunhilde feststellen, ob Mathilde tatsächlich dem Vergleichswahn erlegen war. Nachdem sie der Schwester die enorme Gewichtssteigerung nannte, fiel die Reaktion ihrer vermeintlichen Konkurrentin heftiger aus als erwartet. Wie ein Geschoss bewegte sie ihren Oberkörper um eine halbe Drehung zu Brunhilde und schrie entsetzt: "Was! Soviel hat deiner zugenommen?"
Von diesem Augenblick an wusste Brunhilde, dass sie mit ihren geheimen Gedanken Recht hatte. Nun war sie beruhigt. Sie wollte der Mama von Jenny nicht unterstellen, dass sie sich an schwächeren Kindern aufrichtete. Aber nach diesem provoziertem Verhalten war Brunhilde davon überzeugt.
Ihre Sinneseindrücke ließen sie doch nicht im Stich. Nun würde sie zukünftig innerlich schmunzelnd über den Dingen stehen können.
Endlich durften die eigenen 4 Wände unsicher gemacht werden. Der normale Alltag übersät mit Mathildes begann.
Mal wunderte sie sich: "Was deiner schläft immer noch nicht durch? Meine schon gleich nach der Entbindung!"
Mal war die Größe Gesprächsthema Nummer

eins: "Meine ist vielleicht gewachsen. Aber die Kleine von Müllers ist immer noch recht winzig."

Auch ließen sich wunderbar Obstsorten miteinander vergleichen. "Ist dir schon aufgefallen, dass der Kopf deines Sohn einer Birne ähnelt? Meiner hat aber eine prächtige Apfelform", bewunderte Mathilde das kleine Köpfchen ihres Würmchens. Wirklich sehr wichtig!

Und so ging es immer weiter:
"Meine kann schon krabbeln, aber Lukas von nebenan immer noch nicht."
"Meiner kann schon laufen, aber Lukas von nebenan immer noch nicht."
"Meine kann schon alleine essen, aber Lukas von nebenan immer noch nicht."
"Meine kann schon alleine aufs Töpfchen gehen, aber Lukas von nebenan immer noch nicht."
"Meiner kann schon sprechen, aber Lukas von nebenan immer noch nicht."

Dabei ist Lukas das liebste Kind der Welt!

Botschaft: Setzen Sie sich nicht unter Leistungsdruck.

Die ganz besondere Schneeflocke

Wusstet ihr schon, dass es Schneeflocken gibt, die sich in einen Mann mit weißem Rauschebart und rotem Mantel verwandeln können? Aber nur dann, wenn ihr auch jemandem geholfen habt!

So gab es einmal die kleine, kalte und nasse Schneeflocke Weißchen, die noch gar nicht schmelzen wollte. Denn sie hatte noch eine wichtige Aufgabe zu erledigen.
Im Strom anderer Flocken landete Weißchen vor'm Fenster von Tommilein und schaute neugierig ins Zimmer hinein.
Einige Kinder spielten zusammen ein Kartenspiel, während Tommi endlich den heiß ersehnten Schnee entdeckte. Er feuerte seine Freunde an: „Kommt, wir bauen einen Schneemann!"

Weißchen war gespannt, wie die Kinder auf sie reagieren würden. Schwupp setzte sie sich auf Jenny's Nase. „Oh, was kitzelt mich da - ohne zu schmelzen? Wie merkwürdig selten", wunderte sich diese denn auch.
Nun hatte Weißchen die Aufmerksamkeit auf sich lenken können. Es war Zeit, die Kinder zu ihrer Aufgabe zu führen, bevor es zu warm und die Schneeflocke zu Wasser werden würde.
Eine traurig miauende Katze mit verstrubbeltem

Fell schlich sich an Jenny vorbei. Schnell fiel Weißchen runter und verschwand zunächst im Fell. Da Jenny's Blick ihr folgte, sah sie das armselige und ausgehungerte Wesen. Rührend umsorgten die Kinder die Katze mit viel Liebe, bis sie keine Schmerzen mehr spürte. Solange wartete Weißchen voller Geduld und die Belohnung für die Kinder stand bevor.

Die langsam schmelzende Schneeflocke machte sich bereit und wandelte sich sodann - in den geliebten Weihnachtsmann!

oder als Gedicht

Die Schneeflocke

Im Strom anderer Flocken versank ich vor Langeweile
mit brennender Eile.

Landete vorm Fenster von Tommilein.
Und blitzte neugierig ins Zimmer hinein.

Da saßen die Kinder mit strahlendem Gesicht.
Auf geht's zu meiner Geschicht.

Was hecken sie wohl aus?
Vielleicht kommen sie zu mir raus?
Noch ist es kalt,
hab' nicht mehr viel Zeit.

Tommi feuert sie an:
"Kommt, wir bauen einen Schneemann."

Zig Lichtblitze schnell nach draußen geeilt,
suche ich mir den warmen Hannibald.

Schwupp, auf seine Nase gesetzt.
Er starrt ganz entsetzt!

"Was kitzelt mich da - ohne zu schmelzen?
Wie merkwürdig selten."

Nun falle ich herunter.
Hannibalds blitzende Augen schauen runter.

Da ist eine Katze sehr hell.
Ich Flocke verschwinde im Fell.

Miauend und voller Bang,
kümmert sich rührend der Frank.

Sie pflegen die Katze mit viel Herz.
Und es geht unter ihr Schmerz.
Dank der fürsorgevollen Kinder ist es nun soweit,
ich schmelzende Pracht mache mich bereit.
Und wandle mich sodann,
in den geliebten Weihnachtsmann.

Kinderspiel

Jan hatte schon wieder Stubenarrest. Aber sein bester Freund Ben durfte ihn wenigstens besuchen.
Gerne saßen sie auf der Fensterbank, denn der Ausblick aus dem 3. Stock reizte sie immer wieder.
Vor Langeweile drückten sie sich an den Scheiben die Nasen platt. Mal sehen, über wen sie sich diesmal lustig machen könnten.
Verschmitzt grinsten sie sich an: Ihre Gedanken waren süchtig nach Streichen.
Aber diesmal kam es erst gar nicht dazu, über die vorbei eilenden Leute herzuziehen.
Denn plötzlich erblickte Ben, wie sich ein sehr junger, schlacksig gekleideter Mann verdächtig an einem Auto zu schaffen machte. Noch nicht einmal wie 18 Jahre sah er aus.

"Was hat der nur vor?" wunderte sich Ben aufgeregt.
"Keine Ahnung", reagierte Jan zunächst uninteressiert.
Leider war der Tatort so weit entfernt, dass die beiden Einzelheiten schwer erkennen konnten.
Ben erinnerte sich daran, dass Jan zum letzten Geburtstag ein Fernglas geschenkt bekommen hatte und bedrängte seinen besten Freund: "Du

hast doch ein Fernglas? ... Los! ... Hol es schnell her! Dann können wir ihn besser beobachten."
Endlich angesteckt von Bens Neugier besorgte er rasch das Heißersehnte und gab es ihm hastig.
Nach einigem nervösen Drehen und Suchen hatte Ben den Mann endlich gut sichtbar im Visier.
"Was siehst du denn da?" fragte Jan nun voller Ungeduld.
"Du, das Fenster ist etwas auf! Bloß die Gardine zuziehen, bevor er uns entdeckt", ängstigte sich Ben inzwischen.

"Der ist doch viel zu vertieft", schwächte Jan Bens Aufforderung übermütig ab.
Wenn sie gewusst hätten, dass der auffällige Mann die Jungs bereits amüsierend bemerkt hatte, wären sie sicherlich zig Indianertode gestorben.
Die Gedanken der Kinder erahnend, wollte er sie nun lausbübisch erschrecken.

Ben erzählte Jan haargenau, was dort unten vor sich ging.
"Er greift jetzt mit seiner Hand durch das Fenster und zieht den Hebel hoch. Guck, guck ... Er schafft es doch tatsächlich, die Tür zu öffnen."
Ben beobachtete, dass der dreiste Dieb etwas aus dem Auto nahm und berichtete voller Spannung weiter: "Nun klaut er was aus dem Auto! Ich

fasse es nicht ..."
"Was ist es denn? Nun erzähle schon." Jan konnte es kaum noch abwarten.
"Komisch. Solch eine Frechheit. Er grinst uns einfach an und winkt ... mit einem Schlüssel???"
Bei Ben machte es immer noch nicht „Klick". Aber Jan zählte eins und eins zusammen und begriff. Er kam sich nun lächerlich vor und schimpfte mit Ben wie ein Rohrspatz: "Du Esel, du. Der hat doch nur seinen Schlüssel stecken lassen! Die ganze Aufregung war für die Katz', und nun macht er sich auch noch über uns lustig. Was der wohl von uns denkt! Erzähle bloß keinem was davon."

Schade eigentlich. Man hätte so viel in der Schule prahlen können, aber dieses Missverständnis wollten sie doch lieber für sich behalten.

Entspannungsgeschichten

Lass' die Sonne in dein Herz

Wenn du magst, höre eine ruhige, für dich entspannende Musik.

Lege dich bequem hin.
Schließe deine Augen, wenn du magst.
Atme einige Male langsam und ruhig durch die Nase ein und durch den Mund aus.

Nun genieße die entspannende Ruhe.

Spüre, wie dein Körper den Boden berührt.
Nehme den Kontakt deiner Füße wahr.
Spüre, wie unterschiedlich sich beide Füße anfühlen.

Wandere so weiter vom Fuß bis zum Kopf.

Bitte lächeln.

Pause

Genieße die angenehme Schwere deines Körpers.

Lasse nun die Sonne in dein Herz und sei liebevoll zu dir.

Die Sonne streicht über deine Nase. Du lächelst und lässt sie herein.

Die Sonne strömt vom Kopf bis zu den Füßen durch deinen Körper.

Pause

Genieße die wohlige Wärme und Freude in deinem Körper.

Bitte lächeln.

Spüre, wie die Sonne dir Kraft gibt.

Pause

Habe nur nette Gedanken.

Pause

Eine kühle Brise streicht über deine Stirn. Dein Kopf ist klar und frei.
Genieße die kühle Brise.
Sei freundlich zu dir.

Bitte lächeln.
Du fühlst dich wohl und genießt die Ruhe.

Nun werde langsam wach.
Räkele und strecke dich.
Öffne deine Augen und nehme deine Umgebung wahr.

Wenn du wieder da bist, richte dich seitlich auf und gehe gestärkt in den (nächsten) Tag hinein.

Abenteuerreise mit Plitsch und Platsch

In einem Märchenwald fing es an zu regnen. Ein Tropfen landete auf der Krone einer Kiefer, die sich im Wind wiegte.
Stufenweise platschte der Tropfen hinunter. Dieser Tropfen hieß Platsch.
Er platschte und platschte bis er einen weiteren Tropfen traf. Dieser hieß Plitsch.
Plitsch hatte ein Problem!
Er hing an einer Kiefernadel fest und konnte nicht weiter tropfen.
Plitsch erklärte Platsch, dass er zu leicht geworden ist.
Platsch überlegte nicht lange und platschte auf Plitsch.
Plitsch und Platsch tropften zusammen und fielen auf den Boden.

Nach dem lustigen plitschen, platschen und tropfen, ruhten sie sich aus und lagen entspannt auf den Boden.
Ruhend warteten sie auf die Sonne.
Als die ersten Sonnenstrahlen erschienen, kletterten beide vergnügt die Strahlen hinauf.

Es weihnachtet sehr

Lege dich bequem hin.
Schließe deine Augen, wenn du magst.
Genieße deinen Atem.
Genieße deine bequeme Lage.
Spüre deinen Körper auf den Boden.
Lasse deinen Körper, so locker wie möglich.

<u>Es weihnachtet sehr</u>
Weihnachten ist die Zeit, in der wir viele verschiedene Gefühle haben. Sei es vor Weihnachten, während der Weihnachtstage oder die letzten Tage im alten Jahr.
Gefühle der Freude ... und der Traurigkeit.
Lasse sie kommen und schaue ihnen nach.
Halte sie nicht fest.
...
Welche Düfte sind dir begegnet? Düfte von frisch gebackenen Keksen ... Kuchen ... oder einem Weihnachtsessen. Bist du selbst der Bäcker oder Koch? ... Oder schaust du zu?

Möchtest du die Düfte probieren? ... Kannst du dir vorstellen, wie es schmecken könnte? ... Was für ein Geschmack liegt dir auf der Zunge, wenn du an Weihnachten denkst? ... Ein Getränk... ein Gebäck ... eine Süßigkeit ... ein Essen? ...
Es weihnachtet sehr.

Wie war es wohl in deiner Kindheit?
Wer steht in der Küche? ... Deine Mama ... oder deine Oma ... oder dein Papa oder wer anderes ...?
Konntest du dabei sein?
Wie schauten deine Augen ..., wie lauschten deine Ohren ..., wie schnupperte deine Nase ..., wie naschte deine Zunge ..., wie pochte dein Herz ..., wie zappelten deine Beine? ...
...
Fange alle Erinnerungen noch einmal ein.
Genieße die positiven, die dir angenehm waren und Freude brachten ...
Die negativen verpacke in ein hübsches Paket ...
Suche dir einen Platz für dieses Paket. Mache mit dem Paket, was dir gerade einfällt. Du kannst es kaputt machen oder heile lassen. Du kannst es behalten oder verschenken. Irgendetwas fällt dir bestimmt ein ...
Vielleicht hast du auch keins gepackt. Dann packe doch deine netten Erinnerungen ein ... Verschenke dieses Paket. Auch dir kannst du es immer wieder schenken.
Denn Weihnachten geht vorbei ...

Wenn du magst, lass es immer mal wieder in deinen Gedanken Weihnachten sein, denn Weihnachten darf öfter sein ...

Genieße deinen Atem.
Genieße deinen Körper auf den Boden.
Genieße die Ruhe.

Nun werde langsam wach.
Räkele und strecke dich.
Öffne deine Augen und nehme deine Umgebung wahr.
Wenn du wieder da bist, richte dich seitlich auf und gehe gestärkt in den (nächsten) Tag.

Texte aus Sicht des Kindes

Von Baby-Ben an seine Cousine Sonja:

Hallo Sonja!

Weißt du eigentlich schon, dass ich seit dem 21.04.96 sitzen kann? S e l b s t ä n d i g! Einfach alleine aufrichten! Ist das nicht irre!? Aber immer klappt es nicht, aber immer öfter.

Angefangen hatte es, als Mama meinte, sie könne mich auf die Wiese legen und ich würde vergnügt drauflos krabbeln. Wer konnte denn ahnen, dass der Rasen sich so komisch anfühlt?! Und dieses Kribbeln der Grashalme um meine Hände ... Vorsichtshalber rührte ich mich nicht mehr und fing an zu jammern. Mama war so lieb und nahm mich gleich hoch. Wird sie bestimmt nicht wieder versuchen, dachte ich.

Dann waren wir - wieder an einem sehr warmen sommerlichen Tag bei Freunden mit älteren Kindern. Dieses mal legten sie Decken auf die Wiese, und ich konnte problemlos und voller Freude krabbeln. Ich wollte schon weiter - über die Decke hinaus - da bemerkte ich noch rechtzeitig, dass zwischen Mami und Wiese ein bisschen Rasen war und schon zuckten meine Hände nach oben. Bloß nicht berühren und die Füße auch immer schön hoch halten. So krabbelte ich mit erhobenen Füßen wieder auf der Decke. Vorsicht ist besser als Nachsicht.

Plötzlich nahm mich der Papa der älteren Kinder hoch und legte mich brutal auf den nackten Rasen. Nun musste ich energischer reagieren. Ich fing an, am ganzen Körper zu zittern - schlimm wie ein Erdbeben und jammerte, aber ohne zu schreien. Das Zittern kann sich bestimmt keiner mit ansehen. Auch dieser Papa hatte Einsicht und legte mich wieder brav auf die Decke. Zunächst ließ man mich in Ruhe.

Oh, da war Mama. Jetzt aber schnell hin, sie klimpert so schön mit meiner Rassel. Plötzlich bemerkte ich wieder etwas grün. Höchstens eine Handbreit war Mami von der Decke entfernt. Aber so blöd bin ich ja nun auch wieder nicht. Natürlich habe ich sofort bemerkt, dass da die Decke zu Ende war. Meine Hände nahm ich sofort wieder hoch und krabbelte von diesem grässlichem, stakeligem grün weg. Nun probierten die Kinder von diesem Papa und meine Mami immer wieder aus, mich an den Rasen zu gewöhnen. Ich sollte nur ganz kurze Wege vom Rasen zur Decke krabbeln. Die Decke erreichte ich nach kurzem Flennen recht schnell.

Dann zappelte Mama mit der Decke vor meinen Augen rum, und ich wollte nach ihr greifen. Schon war sie auf der anderen Seite und mir blieb nichts anderes übrig als dort hinzukrabbeln. So ging das Spielchen ein paar Mal, bis mir der Rasen nichts mehr ausmachte.

Nun war ich neugierig, was es im Garten so zu erleben gab. Nichts war mehr vor mir sicher.
Schnell holten die Kinder einen Ball. Genau die richtige Größe für mich. Solch ein lustiges Spielzeug hatte mir Mama noch nicht gegeben. Nun konnte ich mich endlich zum Sitzen aufrichten und mich am Ball zwischen meinen Beinen festhalten. Es war zwar wackelig, aber so konnte ich mein Gleichgewicht besser halten, als wenn ich mich mit meinen Armen abstützen würde. Außerdem ist mein Arm ja gar nicht so lang, dass ich mich ganz aufrichten könnte. So saß ich oftmals abstützend in super Schräglage.

Nun wollte ich noch mehr ausprobieren. Da waren ja noch die Kinder sowie meine Mama. Da konnte man sich wunderbar dran hochziehen und das Stehen mal probieren. Wozu erst sitzen, da kommt man ja nicht vorwärts. Und das, wo ich doch kein Sitzfleisch habe.
Nun übe ich zu Hause fleißig weiter das Sitzen und Hochziehen.
Tschüss! Ben und seine treuen Gebieter!

Gerecht oder ungerecht?

Und wieder fehlt Geld in der Spardose. Drei Kinder kommen in Frage. Tom meint: „Was für eine Spardose? Wo steht sie denn?" Er wirkt interessiert und als wisse er nicht, wo sich eine im Haus befindet. Dem Vater ist diese Aussage sehr verdächtig, denn sie steht offensichtlich auf dem Bord des Telefons.
Bei einer nächsten Gelegenheit wird der Vater Tom testen.

Mal sehen, wie Jenny reagiert. Noch ist sie nicht zu Hause und Vater schaut sich im Kinderzimmer um. In einer Schublade findet er eine volle Keksrolle, eine halbe Packung Schaumküsse und eine leere Weingummi-Tüte. Das Taschengeld hätte dafür nicht reichen können. Heimlich verlässt der Vater das Zimmer und stellt Jenny zur Rede, nachdem sie heim kam. „Sag mal, Jenny. Mir fehlt wieder Geld aus der Spardose. Weißt du etwas darüber?" „Papa, ich würde da nie beigehen. Nie. Was sollte ich mir dafür denn kaufen können? Ich wüsste nicht einmal, wie ich das rausbekommen könnte. Die Spardose ist doch extra mit einem schrägen Schlitz. Da kann nichts raus. Da fehlt bestimmt nichts. Du willst mir nur eine Falle stellen. Nä, Papa? Da fehlt nichts, du lügst mich an." „Na, na, na. Ich weiß noch, wie sie sich vor einer Woche angefühlt hat. Da fehlen bestimmt 10,00 €." „Frag doch mal Werner. Der hat seine Freundin ins Kino eingeladen. Wer weiß, woher er das Geld hatte."

Nun hat der Vater einige Anhaltspunkte gesammelt und wird Werner noch mit einer direkten Frage konfrontieren. Jedoch hat er lange Schule und kommt erst in ein paar Stunden nach Hause. Der Vater ist sauer und enttäuscht. Alle lügen ihn an und auch Werner wird es nicht zugeben. Da ist er sich ganz sicher. Sein Geduldsknoten möchte am liebsten platzen, aber bevor er Tom und Jenny weiter impft, sollte sich Werner äußern. Denn Tom und Jenny haben sich bereits verdächtig verhalten und der Vater ist gespannt, ob Werner auch einen Fehler macht.

Im Wohnzimmer setzt er sich auf das Sofa, um ein wenig zu entspannen. Da kommt Jenny und kuschelt sich an ihn: „Du, spielst du mit mir Uno? Mir ist so langweilig. Ich weiß nicht, was ich machen soll." Tom schleicht sich dazu und möchte lieber Tischtennis spielen. „Ja, meint ihr denn, ich habe jetzt Zeit?" „Na klar, Papa. Du sitzt da so gelangweilt und bedröppelt." „Tja, warum wohl?" Tom und Jenny schauen sich kurz an. „Papa, bist du krank? Tom und ich können dir

einen Tee kochen. Oder möchtest du etwas aus der Apotheke?" Jenny fasst ihren Vater an die Stirn. „Papa, du bist ja ganz warm. Leg' dich doch hin. Wir gehen auch mit Bello raus. Du musst dich unbedingt erholen."
Der Vater versucht seine Skepsis zu verbergen. Irgendwie muss er auch schmunzeln. Aber so, dass es keiner bemerkt. „Ihr habt Recht. Mir ist schwindelig. Ich werde mich hinlegen. Klasse von euch, wenn ihr euch um Bello kümmert. Nehmt den Müll gleich mit und kauft bitte frische Milch und Obst ein." Er legt sich ins Schlafzimmer und lässt die Tür halb auf. Im Liegen kann der Vater alle Eindrücke sacken lassen. Diese Fürsorge von beiden - sehr verdächtig!
Er legt sich schlafend und hofft, etwas erlauschen zu können. Aber sie flüstern und tuscheln so leise, dass er nichts verstehen kann, außer wenige Bruchstücke. So hört er „Mist" und „Drei" und „ungerecht". Noch kann er sich nicht erklären, ob dies wichtige Hinweise sind. Dann machen sich beide auf den Weg.

Eine Zeit später hört er Werner fröhlich singend reinkommen und ruft ihn: „Werner! Ich bin im Schlafzimmer. Bitte komme mal mit der Spardose zu mir."

„Hey Papa. Bitte schön" und reicht die Dose. „Was ist denn mit dir?" „Ach, unwichtig, geht schon wieder. Aber der Spardose geht es schlecht. Da fehlt mal wieder was." „Wieso, Papa?" Werner kaut an seinem Finger und wird ein wenig rot. „Das möchte ich von dir wissen." „Was möchtest du von mir wissen?" „Na, ja, was so fehlt. Ich vermute mindestens 20,00 €." „So viel, Papa?" „Ja, ganz schön gemein, ne? Also, wie hast du es rausgeholt?" „Was rausgeholt?" „Nun stell dich nicht immer so dumm. Du weißt genau, worum es geht. Also wie viel Geld hast du rausgenommen?"
Werner kullern Tränen aus den Augen: „Papa, ich habe doch nichts rausgenommen. Ich war das wirklich nicht. Das würde ich mir nie trauen. Ich weiß doch, dass du dann meckerst und da kriege ich so'ne Angst." Weinend rennt er raus in sein Zimmer und dreht die Musik laut auf.

Nun wird es Zeit, Tom und Jenny eine Falle zu stellen. Jeder verhält sich verdächtig. Sehr merkwürdig. Aber einer von den dreien muss es gewesen sein. Der Vater stellt die Spardose zurück und wartet in der Küche.

Als Tom mit Bello zurück kehrt, bittet ihn der Vater das Telefon zu bringen. Nach einem Gespräch ruft er Tom noch mal: „Ach, bringe es bitte zurück und nehme gleich die Spardose mit. Dann schauen wir beide mal genauer nach. Vielleicht habe ich mich doch vertan." Tom kommt schlecht gelaunt mit der Dose in die Küche: „Ich war bestimmt nicht an deiner Spardose. Mich brauchst du nicht zu fragen."

So langsam ahnt der Vater etwas und entlastet Tom: „Ich glaube dir. Du warst wohl nicht dabei." Erleichtert geht Tom zu Werner.

Inzwischen ist Jenny vom Einkaufen zurück. „Danke, Jenny. Mir geht es auch schon besser. Stelle es bitte in den Kühlschrank und die Schaumküsse auch. Wie teuer waren sie eigentlich? Ich möchte mir auch mal welche gönnen und sündigen." „Papa, ich gebe dir gerne ein paar ab, dann kannst du 2,00 € sparen." „2,00 €? Plus eine Gummibären-Tüte und Kekse. Das macht …?" „Och, so ca. 4,00 €, denke ich. Wieso, Papa?" „Das klären wir jetzt alle zusammen. Kommt mit in Werner's Zimmer."

Ganz still und langsam folgt ihm Jenny. Werner dreht die Musik sofort leise und alle drei mustern gespannt den Vater.

„Werner! Tom! Ihr habt recht! Rausgenommen hat es Jenny. – Deswegen hat sie 4,00 €

bekommen und den Rest hat sie ganz gerecht an euch verteilt."

***Für den schulischen Unterricht geeignet:
Aufgaben an Schüler***

- An welche „W-Fragen erinnert ihr euch? Mit welchem Kontext verbindet ihr diese?
- Woran bemerkte der Vater, dass die Kinder „um den heißen Brei redeten?"
- Haben Tom und Werner gelogen, als sie meinten, nichts rausgenommen zu haben?
- Hat der Vater gelogen und was?
- Was war gerecht, was ungerecht?

Herr Wendriner erzieht seine Kinder
Tucholsky, Kurt (1965). Kurt Tucholsky – Ausgewählte Werke, Bd. 2. Reinbek: Rowohlt. S. 458f.

...
Nehm Sie auch noch'n Pilsner? Ja? Ober! Ober, Himmelherrgottdonnerwetter, ich rufe hier nu schon ne halbe Stunde - nu kommen Se doch ma endlich her! Also zwei Pilsner! Was willst du? Kuchen? Du hast genug Kuchen. Also zwei Pilsner. Oder lieber vielleicht - na, is schon gut. Junge, sei doch mal endlich still, man versteht ja sein eignes Wort nicht. Du hast doch schon Kuchen gegessen! Nein! Nein. Also, Ober: noch'n Apfelkuchen mit Sahne. Wissen Se, was einem der Junge zusetzt! Na, Max nu geh spielen! Hör nicht immer zu, wenn Erwachsene reden. Zehn wird er jetzt. Ja, also ich komme nach Hause, da zeigt mir meine Frau den Brief. Wissen Sie, ich war ganz konsterniert. Ich habe meiner Frau erklärt: So geht das auf keinen Fall weiter! Raus aus der Schule - rein ins Geschäft! Max, lass das sein! Du machst dich schmutzig! Der Junge soll den Ernst des Lebens kennenlernen! Wenn sein Vater so viel arbeitet, dann kann er auch arbeiten. Wissen Se, es is mitunter nicht leicht. Dabei sieht der Junge nichts anderes um

sich herum als Arbeit: morgens um neun gehe ich weg, um halb neun, um acht - manchmal noch früher - abends komme ich todmüde nach Hause ... Max, nimm die Finger da raus, du hast den neuen Anzug an! Sie wissen ja, die große Konjunktur in der Zeit, das was im Januar, dann die Liquidation - übrigens: glauben Sie, Fehrwaldt hat bezahlt? 'n Deubel hat er! Ich habe die Sache meinem Rechtsanwalt übergeben. Der Mann ist nicht gut, glauben Sie mir! Ja, also mein Ältester ist jetzt nicht mehr da. Max, lass das! Angefangen hat er bei ... Also hören Sie zu: Ich hab ihn nach Frankfurt gegeben, zu S. & S. - kennen Sie die Leute auch? - und da hat er als Volontär angefangen. Ich hab mir gedacht: So, mein Junge, nu stell dich mal auf eigne Füße und lass dir mal den Wind ein bisschen um die Nase wehn - Max, tu das nicht! - jetzt werden wir mal sehn. Meine Frau wollte erst nicht - ich bin der Auffassung, so was ist materiell und ideell sehr gut für den Jungen. Er liest immer. Max, lass das! Ich habe gesagt: Junge treib doch Sport! Alle deine Kameraden treiben Sport - warum treibst du keinen Sport? Ich komme ja nicht dazu, mit ihm hinzugehn, mir täts ja auch mal sehr gut, hat mir der Arzt gesagt, aber er hat in Berlin doch so viel Möglichkeiten! Max, lass das! Was meinen Sie, was der Junge macht? Er fängt sich was mit einer Schickse an aus einem Lokal; nem Büfettfräulein, was weiß ich! Max, was willste nu schon wieder? Nein, bleib hier! Du sollst hierbleiben! Max! Max! Komm mal her! Du sollst mal herkommen! Max, hörst du nicht? Kannst du nicht hören? Du sollst mal herkommen! Hierher sollst du kommen! Komm mal her! Hierher. Was hast du denn? Sieh dich vor! Jetzt reißt der Junge die Decke ... ei weh, der ganze Kaffee auf Ihre Hose! Kaffee macht keine Flecke. Du dummer Junge, warum kommst du nicht gleich, wenn man dich ruft. Jetzt haste den ganzen Kaffee umgeworfen! Setz dich hin! Jetzt gehste überhaupt nicht mehr weg! Setz dich hin! Hier setzte dich hin! Nicht gemuckst! Gießt den ganzen Kaffee um! Hier - haste'n Bonbon! Nu sei still. Ja - er war schon immer so komisch! Bei seiner Geburt habe ich ihm ein Sparkassenkonto angelegt - meinen Sie, er hats einem gedankt? Schule - das wollt er nicht! Aber Theater! Keine Premiere hat er versäumt, jede Besetzung bei Reinhardt wusste er, und dann Film ... Nee, wissen Se, das war schon nicht mehr schön! Ja, nu hat er mit der ... em ... Max, sieh mal nach, ob da vorn die Lampen schon angezündet sind! Aber komm gleich wieder Mit dieser Schickse geht er los! Natürlich kostet das 'n Heidengeld, können Se sich denken! Nu, es sind da Unregelmäßigkeiten vorgekommen - ich hab ihn wegnehmen müssen, und jetzt

ist er in Hamburg. Ach, wissen Se, ich hab schon zu meiner Frau gesagt: Was hat einem der liebe Gott nicht zwei Mädchen gegeben! Die zieht man auf, zieht sie an, legt sie abends zu Bett, und zum Schluss werden sie verheiratet. Da hat man keine Mühe. Und hier! Nichts wie Ärger! Max! Max! Wo bloß der Junge bleibt! Max! Wo warst du denn so lange? Setz dich hierhin! Der Junge ist noch mein Grab - das sage ich Ihnen! Kommen Se, es ist kalt, wir wollen gehn.
Ich frage mich bloß eins: diese Unbeständigkeit, diese Fahrigkeit, diese schlechten Manieren - von wem hat der Junge das - ?

Die Gedanken von Max
von Nina Onawa

Mir ist so langweilig. Ich weiß nicht, was ich machen soll. Ach, der Kuchen war so lecker, davon hätte ich noch ein Stück.
Aber Papa ist dagegen, ich hätte genug gehabt. Aber er, schon wieder bestellt er sich zwei Biere, obwohl er auch keinen Durst haben kann. So was Ungerechtes. Nun will ich aber ein leckeres Stück Apfelkuchen mit Sahne. Wenn ich immer wieder bettel, wird er so genervt sein, dass ich es doch noch kriegen werden.
Nun beschwert er sich über mich, dabei ist mir doch nur so langweilig. Ich soll spielen gehen, aber mit wem? Es ist ja keiner da. Alleine ist es zu langweilig. Außerdem möchte ich lieber bei Papa bleiben, denn hier sind nur fremde Erwachsene. Meine Ohren kann ich doch nicht einfach so abstellen, auch wenn ich nicht zuhören wollte.

Ach, was steht denn da auf dem Tisch? Gläser mit Deckel. Was wohl drin ist? Ich öffne sie und schaue nur ... Auch das ist ihm nicht recht, ich könne mich schmutzig machen. So ein Quatsch, ich habe doch nur geschaut.
Alles was ich mache ist falsch!

Schon wieder redet er schlecht von meinem Bruder. Ständig geht es um Arbeit. Endlich soll er über etwas anderes reden. Jetzt werde ich erst recht die Soße aus dem Glas probieren, dann redet Papa wieder mit mir und vergisst hoffentlich, worüber er sprach.
Endlich hat er ein anderes Thema. Oh, nein, nicht schon wieder. Mein armer Bruder. Was könnte ich jetzt noch machen? Die Soßen könnte ich zusammenmischen. Papa beobachtet mich aber auch ganz genau. Jetzt sieht er, wie ich den Löffel nehme und alle Gläser öffne. Er sagt nur: "Tu das nicht." Er redet weiter und beachtet mich nicht. Irgendwie funktioniert es heute nicht. Er hört nicht auf, schlecht über meinen Bruder zu reden. Vielleicht sollte ich einfach weggehen.
Ich stehe einfach mal auf. Nun bemerkt er mich, und ich soll zurückkommen. Ich kann es aber nicht mehr hören. Papa wird immer lauter. Ich hatte Angst, gleich haut er mich. Schnell wollte ich zurück an den Tisch und blieb mit meiner Jacke an der Tischdecke hängen. Ich konnte wirklich nichts dafür. Aber ich sollte ja hören und endlich kommen.

Er gibt mir einen Bonbon, und ich soll still sein. Ich weiß nicht mehr, was ich machen oder sagen soll. Die Angst sitzt mir noch im Nacken. Warum hört er nicht endlich auf? Warum spricht er schon

wieder von meinem Bruder? Warum versteht er mich nicht?
Ich bin jetzt ganz still. Nun soll ich wieder gehen und nach den Lampen sehen. Vielleicht sollte ich gar nicht wiederkommen?

Ich lasse mir Zeit. Aber, was soll ich machen? Wo sollte ich hin? Und Mama? Ich gehe doch zurück und wieder war es ihm nicht recht.

Johannas Leinenkutte
Historischer Kasten und Quellen

Diese Geschichte aus Steinhude am Meer ist frei erfunden.

Flachshäuser wurden außerhalb von Wohnstätten angesiedelt, da es immer wieder durch Lampenlicht und Trocknungsvorgängen von Flachs zu Bränden kam. Sie bewährten sich nicht, da Diebe und Gesindel in ihnen Obdach suchten und Kinder sich selbst überlassen, Unfug trieben.

Ab dem 12. Jahrhundert entwickelte sich die Leinenweberei vom ländlichen Hausgewerbe der Frauen zum städtischen Handwerk der Männer. Es kam zu Spezialisierungen. Die Flachsverarbeitung blieb in der Frauenhand.

Im 13. Jahrhundert wurde der Dülwald um das Steinhuder Meer unter Graf von Roden gerodet, um die Gegend urbar zu machen. Es entstanden viele kleine Hagenhufendörfer.

Borges, Malte (2008). Rund ums Steinhuder Meer. Clenze: Verlag edition limosa Agrimedia GmbH.

Diersche, R. (1999). Steinhude … bevor die Fremden kamen.

Mandel, Armin (1990). Das Wunstorf Buch. Für den Heimatverein Wunstorf der Th. Schäfer Druckerei GmbH, Hannover.

Shulamith Shahar (2003). Kindheit im Mittelalter. Patmos Verlag.

Johannas Leinenkutte

Wir schreiben das 13. Jahrhundert. Auch damals lebten Familien emotional eng miteinander verbunden. Sie waren sehr aufeinander angewiesen. Jedoch hatten und haben jung und alt unterschiedliche Bedürfnisse. Missverständnisse entstanden bzw. entstehen. Ängste wurden bzw. werden verdrängt. Pflichten lenkten bzw. lenken ab. Und dennoch kam und kommt die Liebe nicht zu kurz. Der junge Peter erzählt nun, wie er seinen Alltag erlebte.

Alle sind gekommen. Wir stehen wie versteinert und blicken zum Galgen. Zwei Männer zerren eine Frau die Holzstufen hinauf. „Das geschieht ihr recht. Untreue ist zu strafen", höre ich Vater empört flüstern. Viele tuscheln und kichern. Auch mir huscht ein Lächeln über das Gesicht. Das entsetzlich komische Gefühl schwindet so allmählich dahin. Endlich ist es vorbei. Alle schlendern zurück zur Arbeit.
Vater nimmt lachend meine Hand und wir hüpfen summend durch die Gassen. Hans mit seinen Stampferbeinen und Pausbacken läuft uns heulend hinterher. Vater nimmt ihn sofort auf den Arm. Mutter und Johanna holen uns ein. Anna-

Maria, unser Jüngstes, schlummert im Arm meiner Mutter. Kann es nicht öfter so sein? Manchmal weint Mutter, und ich mache mir Sorgen. Sie klagt nicht und darf Vater nicht widersprechen.

Obwohl der Mond bereits aufgegangen ist, spüle ich noch bei Kerzenlicht Näpfe und Becher im Holzbottich ab. Zwölf Jahre bin ich geworden und werde Peter gerufen. Unser einfaches Holzhaus eingedeckt mit Dachschindeln steht an einem Bachlauf nahe eines Buchenwaldes. Meine Geschwister Johanna und Hans schlafen schon auf dem Dachboden. Johanna ist acht Jahre alt und Hans erst zwei. Ich bleibe unten bei meiner jüngsten Schwester Anna-Maria, die zu Ostern geboren wurde und noch bei meinen Eltern schläft. Als Ältester darf ich erst zu Bett gehen, wenn meine Eltern heim kommen. Mutter ist im Flachshaus an einem großen See, dessen gegenüberliegendes Ufer ich nicht sehen kann. Es steht entfernt der Wohnstätten, damit kein Feuer unsere Häuser gefährden kann. Sie muss zusammen mit anderen Frauen aus unserem Dorf den Flachs riffeln, um die Samen von den Fasern zu trennen. Wenn die Frauen mit der Arbeit fertig sind, helfe ich ihnen, die Fasern gebündelt in die mit Wasser gefüllte Rottenkuhle zu legen. Durch das Einweichen der Fasern löst sich das Innere vom

Stengel und der Rinde. Die so bearbeiteten Stengel werden dann wiederholt getrocknet und nochmals zu feineren Fäden geriffelt, denn erst diese können versponnen und anschließend zu Leinenstoffen verwebt werden.
Wo Vater ist, weiß ich nicht und auch nicht, wann er heim kommt. Ich ahne, dass er nicht bei der Arbeit sein kann. Dennoch bin ich froh, wenn die Familie beisammen ist. Mutter erscheint und schickt mich schweigend mit Gesten nach oben. Behutsam klettere ich die schmale, steile Holzstiege hinauf.
Im Mondlicht sehe ich meine jüngeren Geschwister friedlich schlummern und lege mich auf mein Strohlager. Schlafen kann ich noch nicht. Erst, wenn Vater auch da ist, kann ich meine Augen beruhigt schließen. Vater kommt recht bald heim und schleicht leise im Dunkeln unten herum. Ich verhalte mich still, und er bemerkt nicht, dass ich noch wach bin. Zufrieden schließe ich nun meine Augen und freue mich auf den nächsten Tag. Müde versinke ich sofort in meine Träume von einem sorgenfreierem Leben.

Es ist Spätsommer. Mich hat die Sonne geweckt. Wie jeden Morgen zu dieser Jahreszeit scheint sie durch die geöffnete Holzluke am Ostgiebel unseres Hauses. Die Sonnenstrahlen erwärmen mein Gesicht und erhellen meine geschlossenen Augen. Ich bleibe noch liegen und lausche den Schwalben. Mir ist, als könne ich das Zwitschern verstehen. Diese Freude und Gelassenheit, die sie zeigen, wenn sie spielen und sich unterhalten. Hin und her fliegen sie zu ihren kugeligen Nestern unter dem Dach und wieder durch die Holzluke ins Freie. Nun stehe ich leise auf und schleiche die knarrende, ausgetretene Stiege hinunter.

Mutter knetet in einer Holzmolle bereits Teig für Gerstenbrote. In ihrem langen grauen Schürzenkleid und den hochgesteckten braunen Haaren, in denen schon deutlich graue Strähnen auffallen, sagt sie mit strengem tadelndem Blick zu mir: „Ich habe schon auf dich gewartet!" Und nach einer kleinen Pause: „Sogar dein Vater ist schon fort."
Vater verlässt das Haus immer sobald es hell wird und rodet in diesen Wochen zusammen mit anderen Männern den Dülwald, der einen halben Morgen Fußmarsch von unserem Haus entfernt liegt. Die Männer tun das, damit mehr Flachs angebaut werden kann und sie hoffen, dass diese zusätzlichen Flachserträge in Nahrungsmittelvorräte für den Winter getauscht werden können. Im letzten Frühjahr sind wir manchen Abend hungrig schlafen gegangen, weil das Essen knapp war.

Für Mutter war das gewiss sehr schwer, weil sie gerade schwanger gewesen ist.
Nun laufe ich schnell auf den sandigen Innenhof, um Wasser für den Tee zu schöpfen. Den leeren Holzeimer lasse ich an einem Seil tief den Brunnen hinab, denn viel Wasser haben wir zurzeit nicht. Trotzdem tauche ich, die von mir aus weichem Pappelholz geschnitzte grobe Schöpfkelle in den Eimer und lasse das kühle Wasser über meine Finger laufen. Den Rest gieße ich in eine Tonschale für die Schwalben und gehe langsam mit dem vollen schweren Eimer zurück ins Haus. Mutter sitzt mit Anna-Maria auf dem Schoß am Tisch und hält sie an ihre pralle Brust, aus der meine kleine Schwester schmatzend Milch saugt. Sie möchte meine Schwester ungestört weiter stillen und legt ihren Zeigefinger vor ihre gespitzten Lippen.
Also stelle ich das Wasser nahe der Feuerstelle ab und steige zu Johanna und Hans auf den flachen Dachboden. „Raus aus dem Stroh! Schaut, wie lustig die Vögel über das Gras hüpfen."
Johanna gähnt und reibt sich die Augen. Sie lächelt mich an und streift sich flink die von Mutter genähte braune Leinenkutte über. Die blaue Kordel möchte sie nicht umbinden, da das Kleid schon so kurz ist. Mit den Fingern streicht

sie durch ihr zerwühltes langes, braunes Haar und knotet es mit der Kordel zusammen.
Dann hocken wir uns neugierig vor die Holzluke an der Giebelseite. Aufgeregt zeigt meine große Schwester mit ausgestrecktem Finger auf die Vögel: „Da, schau, wie die zwei sich um den Wurm zanken!" Als ich das sehe, denke ich an Vater und Mutter. Wenn sie streiten, höre ich Mutter sogar weinen.

Hans rührt sich noch immer nicht. „Komm, Johanna! Wir packen ihn an Arme und Füße." Dabei muss ich mich ducken, denn der Dachboden ist sehr niedrig. Wir schaukeln ihn mit einem

„Heißa, heißa. 1, 2, 3.
Die Nacht ist vorbei. Die Nacht ist vorbei."

Und mit einem Plumps landet er wieder im Stroh.

Oh weh. Hans weint. Hans brüllt: „Will nicht. Lass Ruhe. Mama kommen!" Ich schimpfe mit ihm. „Mutter hat genug zu tun. Nun komm endlich!" und zerre an seinem Arm. Er reißt sich los und setzt sich trotzig auf's Stroh.
„Kinder, wo bleibt ihr?" höre ich Mutter vorwurfsvoll rufen.

„Siehst du, nun wird Mutter deinetwegen böse."
Da greift Johanna Hans seine Hände und wiegt ihn sanft hin und her.

>„Tanz, tanz, tanz mit mir!
>Beide Hände reich ich dir.
>Du und ich und ich du.
>Lieber Peter, schau uns zu!"

Endlich klettert er mit uns die Holzstiege hinab. Zuerst gehe ich voraus, dann folgt Hans, und ich halte meine Hand schützend nahe seines Leibes. Ich muss schmunzeln, wenn ich seine dicken Stampferbeine so sehe. Lange kann ich ihm nicht böse sein und verzeihe immer wieder.
Der Kräutertee duftet und auf dem Eichentisch steht die Hafersuppe mit Waldbeeren, die wir gestern gemeinsam im Dülwald gesammelt haben.
Heute ist ein besonderer Tag. Wenn Mutter ein aus Leinen gewebtes Kleidungsstück genäht hat, wird es morgens auf den Tisch gelegt. So auch heute. Wir reichen uns die Hände. „Lieber Gott, wir danken dir für das Morgenmahl und dafür, dass du uns den Flachs gegeben hast. So war es mir möglich, dieses Kleid für Johanna zu nähen. Wenn der Winter kommt, wird es sie wärmen", spricht Mutter glücklich und hängt die Kutte an

die Tür. Stolz schaue ich ihr dabei zu. Ich wünsche mir, dass Vater sie morgens mal so erleben würde. Dann müsste er sie doch mehr lieben. Meine Mutter! Obwohl wenig Zeit für uns da ist, weiß ich, wie lieb sie uns hat. Was wären wir ohne sie?
Ich bete, dass uns allen kein Unglück geschähe.
Denn ich weiß von anderen Jungen in meinem Alter, dass ihr Heim nach dem Tod der Eltern vergeben wurde. Andere Familien aus der Fischer-Zunft meines Großvaters haben sich bemüht, die armen verwaisten Kinder unterzubringen. Manche sind von Großenheidorn in die Stadt Wunstorf gezogen und dienen auf Bauernhöfen gegen Kost und eine Bettstatt. Andere sind ins Kloster nach Loccum gewandert und helfen den Mönchen bei ihrer Fischzucht oder der Gartenarbeit.

An diesem Morgen ist Abgabetag für den Fischereizins im Stift, das nicht weit hinter dem Laubwald in der Stadt Wunstorf steht. Ich muss zu Großvater an den See und ihm helfen, die Aale nach Wunstorf zu bringen. Viel Zeit bleibt uns nicht. Er ist Fischer und muss am frühen Abend wieder mit seinem Kahn hinaus auf den See. In Körben tragen wir die Fische auf den Rücken durch das Hohe Holz. Ich laufe schon den ganzen Sommer über barfuß und auch Großvater trägt

keine Latschen. Dennoch folge ich zügig seinem sicheren Tritt. Der Weg ist zwar schattig, aber mir ist trotzdem zu warm. Das Leinenhemd ist nass geworden und der Korb drückt es an meinen Rücken. Großvater spielt unterwegs Weidenflöte, um mich aufzuheitern. Am liebsten möchte ich ihn fragen, wieso Vater zu einer anderen Frau geht. Doch ich traue mich nicht, ihn mit meinen Gedanken zu belasten. Er hatte viele Kämpfe und Brände erlebt, und ich befürchte, mich lächerlich zu machen. Also schweige ich und bleibe in meiner Gedankenwelt ganz für mich allein. Ich genieße es mit Großvater allein zu sein, denn in seiner Nähe fühle ich mich stark. Endlich auf dem Rückweg nehme ich mir Zeit und sammel Hölzer auf, die neben dem Weg liegen, um Großvater eine neue Netznadel schnitzen zu können.
Morgen wird er mir zeigen, wie Netze geknüpft werden. Vielleicht ergibt sich dann ein Gespräch.

Obwohl ich müde bin, eile ich geschwind von Großvater heim. Mutter wartet bereits auf mich und verabschiedet sich mit einem raschen Kuss. Sie muss wieder zum Arbeiten ins Flachshaus. Wann Vater nach Hause kommen wird, weiß ich nicht. Als es dämmert, zünde ich eine Kerze an der Glut unserer Feuerstelle an und stelle sie auf den Tisch.

Ich beginne die Netznadel für Großvater zu schnitzen, höre jedoch immerzu meinen kleinen Bruder Hans im Schlaf weinen. Er bekommt einen neuen Zahn und Mutter meint, das müsse er alleine überstehen, wie jedes Kind. Ich versuche trotzdem, ihn zu beruhigen, schleiche leise nach oben und reiche ihm von der Biersuppe, die immer an der Feuerstelle bereit steht. Nun schläft er ein und ich schnitze in aller Stille weiter.

Es kommt ein West-Wind auf. Immer stürmischer wird es und die Fensterläden klappern mächtig laut. Hans wird wieder wach und beginnt erneut zu weinen. Der Schlaftrunk hat seine Wirkung verloren. Ich nehme Hans auf den Arm und trage ihn die Stiege langsam nach unten. Sein Kopf - mit den verstrubbelten hellblonden Locken - liegt schwer auf meiner Schulter. Während ich ihn auf die Holzbank setze, schaut er mit glasigen Augen verschlafen zum Kerzenlicht.
„Schau, Hans. Für Großvater schnitze ich eine neue Netznadel." Und verträumt folgt er meinen Schnitzbewegungen.

Der Wind rauscht über die Dachschindeln. Ein Donner kracht. Für einen kurzen Moment ist es rundherum ganz hell. Dann prasselt der Regen auf das Dach und wieder ein Blitz. Hans zieht seine Schultern ängstlich hoch, und ich sehe, wie sein kleiner Leib zittert. Ich setze mich zu ihm, und er schmiegt sich dicht an mich. Langsam verlässt mich mein Mut. Meine Kräfte lassen nach. Es ist unheimlich, aber ich muss tapfer sein. Hans darf nicht merken, dass auch ich Angst habe. Anna-Maria schlummert derweil friedlich weiter.

Unverhofft erklingen wilde Flötentöne. Lange, helle Töne wechseln abrupt mit kurzen, dunklen und tiefen ab. Johanna ist uns nachgekommen und spielt, als wolle sie das Donnergrollen übertönen. So besiegt sie ihre Angst. Hans lutscht an seinem Daumen und schaut mit großen Kulleraugen seiner Schwester zu. Johanna hat das Spielen von Großvater erlernt, und ich höre ihr gerne zu. Fängt sie an zu musizieren, vergesse ich meine Sorgen. Gibt es sie oder gibt es sie nicht? Immer wieder bin ich so beschäftigt, dass ich es selbst nicht weiß. Nun fordert sie uns auf, zu ihrem Flötenspiel zu tanzen. Hans und ich kreiseln um den Tisch herum. Ach, ist das herrlich. Wir vergessen alles. Lachen, hüpfen und singen:

> Heißa, du wilder Sturm,
> du kriegst uns nicht.
> Heißa, du krachender Donner,
> wir treten dich.

Ich werde zum Sturm und jage Hans laut pustend hinterher. „Na los. Fang' mich doch", rufe ich zu Hans. Doch er traut sich nicht und flitzt lieber lachend davon. Plötzlich bleibt er stehen und tritt nach mir. Ich lasse mich auf den Boden fallen, gebe Ruh' bis mich wieder die Lust erfasst, zum Sturm zu werden.
Den Tisch nehmen wir in unserem aufregenden Spektakel nicht mehr wahr. Als wir im Eifer dagegen stoßen, fällt plötzlich die Kerze hinunter! Genau auf die feinen Holzschnitzer fällt sie! Es geht alles so schnell, es passiert … Es knistert und fängt an zu brennen. Kleine Flammen steigen unter dem Tisch empor. Ich umfasse Hans, nehme ihn auf den Arm und greife Johanna mit meiner freien Hand. Zunächst flüchten wir uns in die Ecke neben der Tür, wo der Wassereimer steht. Zu allem Unglück ist er aber leer - kein Tropfen mehr! Gebannt starren wir auf das größer werdende Feuer.
Mein Herz pocht, ich halte meinen Atem an und kann noch nicht einmal schreien, geschweige denn mich rühren. Was habe ich getan? Lieber Gott, bitte hilf mir!
Da fliegt die Tür auf. Vater erscheint im Raum. Oh, wie ist mir schlecht. Stimmen und Weinen meiner Geschwister vernehme ich nur noch dumpf aus weiter Ferne wie ein Rauschen im Kopf und mir wird schwarz vor Augen.

Als ich allmählich wieder zu mir komme, liege ich in den Armen meiner Mutter. Beruhigend wiegt sie mich und summt eine Melodie. Ich spüre ihre wärmende Liebe und wage ein Blinzeln. Bange hoffe ich, dass nichts Schlimmes geschehen ist.
Mutter, die meinen Blick verstanden hat, erzählt mir: „Junge, wir haben Glück gehabt. Dein Vater ist gerade noch rechtzeitig erschienen. Das entfachte Feuer hat er mit der neuen Kutte von Johanna ausgeschlagen."
Johanna ruft nach mir und bietet mir an, ihr beim Flötenspiel zuzuhören. Kraftlos nicke ich ihr zu. Ich bin so froh, dass alle noch leben und kein schlimmeres Unglück passiert ist. Es ist wie ein Wunder.
Vater kann ich nicht sehen. Er wird wohl oben bei Hans sein. Da höre ich ihn laut schimpfen: „Eine Tracht Prügel hat er verdient!"
„Geh. Geh zu Vater und sprich mit ihm", flüstert mir Mutter liebevoll ins Ohr, während sie über mein Haar streicht. Sie richtet sich auf und klopft mir mit lächelndem Blick auf die Schulter.

Ich warte bis Vater nach unten kommt und wende mich ihm mit gesenktem Blick zu:

„Vater, verzeih mir, das wollte ich nicht. Es war doch das Gewitter und Hans hat immer so geweint."
Ängstlich beobachte ich, wie mein Vater nach dem Weidenstock greift. Er packt meinen Oberarm und zieht mich nahe an seinen kräftigen Körper. Jetzt holt er aus, und ich bekomme wortlos meine verdienten Schläge auf mein Gesäß, die ich tapfer ohne Tränen ertrage.

Vater dreht mich Angesicht zu Angesicht zu sich. Ich muss in seine blitzenden, hellblauen Augen schauen. Er runzelt seine Stirn und scheint auch verzweifelt zu sein. Während ich so vor ihm stehe und nicht flüchten kann, schüttelt er mich nun an einer Seite grob hin und her: "Du musst besser aufpassen, mein Junge! Wir haben nur dieses Heim." Er lässt mich los und tut mir leid. Es ist wohl an der Zeit, dass ich selbst für mich sorge.
Ich möchte mich mit ihm versöhnen und flehe ihn mit bittenden Händen an: „Ich werde es wieder gut machen. Bitte! Bitte, lass mich Leinenweber werden. Dann kann ich für Johanna ein neues Kleid weben."
Vater blickt mich nachdenklich an. „Gut, Peter! Dann werde ich Morgen bei dem angesehenen Leinenweber Senger in Großenheidorn vorsprechen und für dich um eine Lehrstelle bitten. Nun leg' dich schlafen."

Und zufrieden schließe ich meine Augen.

Ich lebe nun bei einer Leinenweberfamilie und erlerne das Handwerk.
Johanna übernimmt meine Aufgaben und Vater bleibt abends daheim. Wenn ich dies höre, erschrecke ich über meine schlechten Gedanken. Auch er hat einen guten Kern. Das Leben ist hart in unserer Zeit. Vielleicht schöpfte er neue Kraft, wenn er fortgegangen war. Vielleicht erkannte er den Sinn der Familie, als das Feuer vor seinen Augen loderte.
Vielleicht gibt es ein Glück im Unglück. Vielleicht versteht mein Vater irgendwann meine Ängste, wenn ich mich traue, sie ihm von Mann zu Mann zu erzählen. Vielleicht erhört Vater meinen inneren Wunsch

...

...

Bitte verstehe mich!

Lebe
mit Kinderaugen
deine öffnen sich
für den Sinn des
Lebens